밤에 생긴 상처

허연 시선

밤에 생긴 상처

오늘의 시인 총서

23

민음사

당신,
말더듬이 같은 세월을 두고 갔다 멀리.

차례

2부   가시의 시간

3부   신성과 세속

1부

들뜬 혈통

칠월

쏟아지는 비를 피해 찾아갔던 짧은 처마 밑에서 아슬아슬하게 등 붙이고 서 있던 여름날 밤을 나는 얼마나 아파했는지

체념처럼 땅바닥에 떨어져 이리저리 낮게만 흘러다니는 빗물을 보며 당신을 생각했는지. 빗물이 파 놓은 깊은 골이 어쩌면 당신이었는지

칠월의 밤은 또 얼마나 많이 흘러가 버렸는지. 땅바닥을 구르던 내 눈물은 지옥 같았던 내 눈물은 왜 아직도 내 곁에 있는지

칠월의 길엔 언제나 내 체념이 있고 이름조차 잃어버린 흑백영화가 있고 빗물에 쓸려 어디론가 가 버린 잊은 그대가 있었다

여름날 나는 늘 천국이 아니고, 칠월의 나는 체념뿐이어

도 좋을 것

    모두 다 절망하듯 쏟아지는 세상의 모든 빗물. 내가 여름
을 얼마나 사랑하는지

내가 나비라는 생각

그대가 젖어 있는 것 같은데 비를 맞았을 것 같은데 당신이 보이지 않는 곳에서 무너지는 노을 앞에서 온갖 구멍 다 틀어막고 사는 일이 얼마나 환장할 일인지

머리를 감겨 주고 싶었는데 흰 운동화를 사 주고 싶었는데 내가 그대에게 도적이었는지 나비였는지 철 지난 그놈의 병을 앓기는 한 것 같은데

내가 그대에게 할 수 있는 건 이 세상에 살지 않는 것 이 나라에 살지 않는 것 이 시대를 살지 않는 것 내가 그대에게 빗물이었다면 당신은 살아 있을까 강물 속에 살아 있을까

잊지 않고 흐르는 것들에게 고함

그래도 내가 노을 속 나비라는 생각

내 사랑은

내가 앉은 2층 창으로 지하철 공사 5-24 공구 건설 현장이 보였고 전화는 오지 않았다. 몰인격한 내가 몰인격한 당신을 기다린다는 것 당신을 테두리 안에 집어넣으려 한다는 것

창문이 흔들릴 때마다 나는 내 인생에 반기를 들고 있는 것들을 생각했다. 불행의 냄새가 나는 것들 하지만 죽지 않을 정도로만 나를 붙들고 있는 것들 치욕의 내 입맛들

합성 인간의 그것처럼 내 사랑은 내 입맛은 어젯밤에 죽도록 사랑하고 오늘 아침엔 죽이고 싶도록 미워지는 것 살기 같은 것 팔 하나 다리 하나 없이 지겹도록 솟구치는 것

불온한 검은 피, 내 사랑은 천국이 아닐 것

날짜변경선

사향소가 서로 머리를 들이받으며 싸우고 있었다. 승자는 아직 정해지지 않았고 생을 마감한 별의 빛이 이제야 툰드라에 도착했다.

어떻게 별들은 세상의 모든 것이 됐을까. 어떻게 별들은 전부 이야기가 됐을까. 별의 이야기가 눈물로 바뀔 때, 수천 개의 별이 죽어가는 이곳에서도 깨닫지 못한다면 우리는 별의 일부였을까. 별에서 살았던 것일까.

툰드라의 여름이 가고 있었다. 병든 북극여우가 마지막 햇빛을 쪼일 때. 그 볕의 비정함에 대해서는 쓰기 힘들다. 빙하가 쪼개지는 소리를 들으며 날짜 변경선을 넘는다. 그 여름의 마지막 날. 난 심장을 툰드라에 두고 왔다.

샤샤는 추운 이름이다.

추운 나라에서 온 바이올리니스트

늙고 늘어진 그의 턱밑에 끼인 인생이 무겁다
누군가가 그랬다
북구 어디 추운 나라에서 왔다고

슬픔은 때로는 시간을 앞서 간다
앞서 간 슬픔이 무신경하게 누군가의 얼굴에 드러날 때
난 무릎 꿇고 싶다

바람이 악보를 넘기지만 미동도 하지 않는다
이미 악보는 세월 속에 있었으므로

그와 나
둘밖에 남지 않았다
잠시 비치는 그의 눈물 속에서
길가에 손들고 서 있는 리어카보다 더 처연한
삶을 봤다

그는 추운 나라에서 왔다
암컷 호랑이를 '그녀'라고 부르고
수컷 호랑이를 '그'라고 부른다는 그곳
나무들이 모두 눈밭에 발을 담그고 있다는 그곳

들뜬 혈통

하늘에서 내리는 뭔가를 바라본다는 건
아주 먼 나라를 그리는 것과 같은 것이어서
들뜬 혈통을 가진 자들은
노래 없이도 노래로 가득하고
울음 없이도 울음으로 가득하다
짧지 않은 폭설의 밤
제발 나를 용서하기를
심장에 천천히 쌓이는 눈에게
파문처럼 쌓이는 눈에게
피신처에까지 쏟아지는 눈에게
부디 나를 용서하기를
아주 작은 아기 무덤에 쌓인 눈에게
지친 직박구리의 잔등에 쌓인 눈에게
나를 벌하지 말기를
폭설에 들뜬 혈통은
밤에 잠들지 못하는 혈통이어서
오늘 밤 밤새 눈은 내리고

자든지 죽든지
용서는 가깝지 않았다

Cold Case 2

(19세기 사람 쥘 베른이 쓴 「20세기 파리」라는 소설에 보면 시인이 된 주인공에게 친척들이 이렇게 말한다. "우리 집안에 시인이 나오다니 수치다.")

20세기도 훨씬 더 지난 지금 시는 수치가 된 걸까.

시는 수치일까. 노인들이 명함에 박는 계급 같은 걸까. 빵모자를 쓰는 걸까. 지하철에 내걸리는 걸까.

시가 나보다 다른 사람들이랑 더 친한 것 같다는 생각이 드는 오후다. 시 쓸 영혼이 얼마나 남았는지 가늠해 본다.

싸구려 호루라기처럼 세상에 참견할 필요가 있을까. 노래를 해서 수치스러워질 필요가 있을까? 자꾸만 민망하다

그런데도 왜 난 스스로 수치스러워지는 걸까. 시를 쓰는 오후다.

불머리를 앓고도 다시 불장난을 하는 아이처럼
빨갛게 달아오른 쇠꼬챙이를 집어 든다.

나의 마다가스카르 3

그날, 동네 하천이 넘쳤을 때. 어머니는 사람들 만류를 뿌리치고 무릎까지 잠긴 집에 들어가 아들이 아끼던 수동 타자기를 들고 나왔다. 난 그날 번지점프를 하러 갔다.

전화기 너머에서 어머니가 물었다. "바오로니 베드로니?" 난 대답했다. "아니오 예수입니다." 난 그날 마다가스카르로 갔다.

어머니가 돌아가신 날 육개장을 퍼먹으며 나는 나의 이중성에 치를 떨거나 하진 않았다. 난 그날 야간비행을 하러 갔다.

나의 소혹성에서 그런 날들은 다른 날과 같았다. 난 알고 있었던 것이다. 생은 그저 가끔씩 끔찍하고, 아주 자주 평범하다는 것을.

소혹성의 부족들은 부재를 통해 자신의 예외적 가치를 보

여 준다. 살아남은 부족들은 시간을 기억하는 행위를 통해
서만 슬퍼진다. 어머니. 나의 슬픈 마다가스카르.

話者

던져주는 먹이를 붙잡고 전투적으로 배를 불린 동물원 사자의 허탈한 눈빛을 오랫동안 들여다본 적이 있다. 혼자서 자장면 곱빼기 한 그릇을 순식간에 비우고 그 자리에 한참을 멍하니 앉아 있던 노인을 본 적이 있다. 바로 그 침묵의 순간, 사자와 노인은 방금 전 끝난 욕망에 대해 책임을 지고 있는 것이다. 스스로가 화자(話者)가 되어 스스로를 설득하고 있는 것이다.

내가 내 욕망의 화자가 되어야 하는 건 지나친 형벌이다.

욕망이 침묵으로 변하는 순간이 있다. 밥을 먹고 나서 문득 밥이 객관화될 때, 사랑이 몇 번의 호르몬 변화와 싸움질로 객관화될 때. 욕망이 남긴 책임이 나를 불러 세우는 순간이 온다.

숙연하게 눈을 내리깔고 있는 저 여자도 두 시간쯤 전에 시리얼로 밥을 먹었을 것이고, 열 시간쯤 전에는 사랑을 했을 것이다. 그녀는 지금 조용히 책임을 지고 있는 것이다.

무반주

슬픔은 위엄이다

일월에 꽃을 피웠다는 홍매화나무 아래
병색의 노수녀가 서 있다

멀리 잔파도 소리와
그레고리오 성가가 들리는 오후
겨울 햇살은
용서처럼 와 있다

유기견 한 마리 졸고 있는
양잔디 깔린 앞뜰

피뢰침 그림자 끝에
천국 같은 게 언뜻 보이다 말았다

담장 안쪽에선

아무 일도 일어나지 않는다

베네딕도의 손수건이 젖어 있다

내 사랑은 언제나
급류처럼 돌아온다고 했다

마음이 놓이지 않는다고 어머니는 보이지도 않은 길 끝에서 울었다. 혼자 먹은 저녁만큼 쓸쓸한 밤 내내 나는 망해 가는 늙은 별에서 얼어붙은 구두끈을 묶고 있었다.

부탄가스 하나로 네 시간을 버티어야 해. 되도록 불꽃을 작게 하는 것이 좋아. 어리석게도 빗속을 걸어 들어갔던 밤. 잠결을 걸어와서 가래침을 뱉으면 피가 섞여 나왔다. 어젯밤 통화는 너무 길었고, 안타까운 울음만 기억에 남았고, 나는 또 목숨을 걸고 있었다. 알고 계세요 하나도 남김없이 떠나는 건 얼마나 아름다운지. 저지대의 나무들은 또 얼마나 흔들리는지.

내 사랑은 언제나 급류처럼 돌아온다고 했다.

나쁜 소년이 서 있다

세월이 흐르는 걸 잊을 때가 있다. 사는 게 별반 값어치가 없기 때문이기도 하지만 파편 같은 삶의 유리 조각들이 처연하게 늘 한자리에 있기 때문이다. 무섭게 반짝이며

나도 믿기지 않지만 한두 편의 시를 적으며 배고픔을 잊은 적이 있었다. 그때는 그랬다. 나보다 계급이 높은 여자를 훔치듯 시는 부서져 반짝였고, 무슨 넥타이 부대나 도둑들보다는 처지가 낫다고 믿었다. 그래서 나는 외로웠다.

푸른색. 때로는 슬프게 때로는 더럽게 나를 치장하던 색. 소년이게 했고 시인이게 했고, 뒷골목을 헤매게 했던 그 색은 이젠 내게 없다. 섭섭하게도

나는 나를 만들었다. 나를 만드는 건 사과를 베어 무는 것보다 쉬웠다. 그러나 나는 푸른색의 기억으로 살 것이다. 늙어서도 젊을 수 있는 것. 푸른 유리 조각으로 사는 것.

무슨 법처럼, 한 소년이 서 있다.
나쁜 소년이 서 있다.

경원선

풀밭에 누우면 해가 지는 하늘이 있었다

멀리 완행열차가 가슴으로 달려드는 소리가 들렸고 크고 작은 별들이 음표처럼 머리맡으로 쏟아지곤 했다 온갖 빛깔의 꿈들이 야간 비행에 열중하고 있었고 아버지는 돌아오지 않았다 때로는 인간의 사랑이나 신념이 아름답기도 했지만 그건 언제나 검은 여백이었을 뿐 눈이 떠지질 않으면 노래를 부르거나 연어 떼 같은 사랑을 적는 게 고작이었다 강물도 기차도 다시 오지 않던 그날 저녁 나는 세상의 옆구리를 뚫고 일어서고 싶었다

숨 막히는 세월이여

내가 원하는 천사

천사를 본 사람들은
먼저
실망부터 해야 한다.

천사는 바보다.
구름보다 무겁고,
내 집게손가락의 굳은살도
해결해 주지 못한다.

천사는 바보고
천사는 있다.

천사가 있다고 믿는
나는
천사가 비천사적인 순간을
아주 오랫동안 상상해 왔다.

하루에도 몇 번씩
천사를 떠올린다.

본드 같은 걸로 붙여 놓았을
날개가 떨어져나가는 바람에
낭패를 당한 천사.
허우적거리다
진흙탕에 처박히는 천사.

진흙에 범벅되는 하얀 인조 깃털
그 난처한 아름다움.

아니면
야간 비행 실수로
낡은 고가도로 교각 끝에
불시착한 천사

가까스로 매달린 채
엉덩이를 내보이며
날개를 추스르는 모습이 그려진다.

아니면
비둘기 똥 가득한
중세의 첨탑 위에서
갑자기 쏟아지는 비를 맞으며
측은하게 지상을 내려다보는
그 망연자실.

내가 원하는 천사다.

권진규의 장례식

비가 내렸습니다.

권진규 씨는 허름한 옹이 박힌 관 속에 누워 있었습니다. 언제까지나 시들지 않을 것 같은 꽃은 모차르트가 들고 왔습니다. 잉크가 번져 얼룩진 리본엔 "내 정신이 너의 가슴에"라고 적혀 있었습니다. 여섯 명의 조객 중엔 천재도 범인도 바보도 있었습니다. 하관이 끝나고 빗줄기가 굵어지자 붉은 황토물이 그들의 발을 적셨고 갑자기 모차르트가 소리를 지르며 뛰어가고 있었습니다.

참회록

영혼이 아프다고 그랬다. 산동네 공중전화로 더 이상 그리움 같은 걸 말하지 않겠다고 다시는 술을 마시지도 않겠다고 고장난 보안등 아래서 너는 처음으로 울었다. 내가 일당 이만오천 원짜리 일을 끝내고 달려가던 하숙촌 골목엔 이틀째 비가 내렸다.

나의 속성이 부럽다는 너의 편지를 받고, 석간을 뒤적이던 나는 악마였다. 11월 보도블록 위를 흘러 다니는 건 쓸쓸한 철야 기도였고, 부풀린 고향이었고, 벅찬 노래였을 뿐. 백목련 같았던 너는 없다. 나는 네게서 살 수 없었는지도 모른다. 아침에 일어나면 떨리는 손에 분필을 들고 서 있을 너를 네가 살았다는 남쪽 어느 바닷가를 찾아가는 밤기차를 상상했다. 걸어서 강을 건너다 아이들이 몰려나오는 어린 잔디밭을 본다. 문득 너는 없다. 지나온 강 저쪽은 언제나 절망이었으므로.

잃어버렸다. 너의 어깨를 생머리를. 막차 시간이 기억이 나

질 않는다. 빗줄기는 그친 다음에도 빗줄기였고. 너는 이제
울지 못한다. 내게서 살지 않는다. 새벽녘 돌아왔을 때 빈방
만 혼자서 울고 있었다. 온통 젖은 채 전부가 아닌 건 싫다고.

2부

가시의 시간

휴면기

오랫동안 시 앞에 가지 못했다. 예전만큼 사랑은 아프지 않았고, 배도 고프지 않았다. 비굴할 만큼 비굴해졌고, 오만할 만큼 오만해졌다.

세상은 참 시보다 허술했다. 시를 썼던 밤의 그 고독에 비하면 세상은 장난이었다. 인간이 가는 길들은 왜 그렇게 다 뻔한 것인지. 세상은 늘 한심했다. 그렇다고 재미가 있는 것도 아니었다.

염소 새끼처럼 같은 노래를 오래 부르지 않기 위해 나는 시를 떠났고, 그 노래가 이제 그리워 다시 시를 쓴다. 이제 시는 아무것도 아니다. 너무나 다행스럽다.

아무것도 아닌 시를 위해, 더 이상 아무것도 아니길 바라며 시 앞에 섰다.

K

내가
당신들의 심장 한가운데
살아갈 수 없다는 것은
커다란 슬픔입니다

당신들이 오늘처럼
사랑과 우정의 격려를 보내고
썩어 문드러져 자취도 없는
나의 눈매에 찬사를 보낼 때
나는 염소나 백돼지 같은
적들을 만나러 갑니다

분노할 줄도 사랑할 줄도 모르는
아름다움의 근처만을 서성이는
정체불명의 적들을 만나러 갑니다

외로운 나를

혀끝으로 핥고
손끝으로 매만지는
적들을 만나러 갑니다

나는
당신들의 심장에 없습니다

저녁, 가슴 한쪽

(이사하던 날도 그대의 편지를 버리지 못했음)

비가 와서인지
초상집 밤샘 때문인지
마음은 둘 데 없고
도로를 가로질러 뛰어온 너의
조그맣던 신발과
파리한 입술만 어른거린다
너무 쓸쓸해서
오늘 저녁엔 명동엘 가려고 한다
중국 대사관 앞을 지나
적당히 어울리는 골목을 찾아
바람 한가운데
섬처럼 서 있다가
지나는 자동차와 눈이 마주치면
그냥 웃어 보이려고 한다
돌아오는 길엔

공중전화에 동전을 넣고
수첩을 뒤적거리다 수화기를 내려놓는
싱거운 취객이 되고 싶다
붐비는 시간을 피해
늦은 지하철역에서
가슴 한쪽을 두드리려고 한다
그대의 전부가 아닌 나를
사는 일에 소홀한 나를
그곳에 남겨 놓으려고 한다

가시의 시간 1

내 온몸에 가시가 있어 밤새 침대를
찢었다. 어제 나의 밤엔 아무것도 남지
못했고 아무것도 들어오지 못했다.
가시는 아무런 실마리도 없이 밤마다 돋아
나오고 나의 밤은 전쟁이 된다.
출구를 찾지 못한 치욕들이 제 몸이라도
지킬 양으로 가시가 되고 밤은 길다.
가시가 이력이 된 날도 있었으나 온당치
않았고 가시가 수사(修辭)가 된 적이 있었으나
모든 밤을 다 감당하진 못했다. 가시는
빠르게 가시만으로 완전해졌고 가시만으로
남았다. 가시가 지배하는 밤. 가시의 밤

밤에 생긴 상처[1]

당신이 사라진 주홍빛 바다에서 갈매기 떼 울음이 파도와 함께 밀려가선 오지 않는다. 막 비추기 시작한 등대의 약한 불빛이 훑듯이 나를 지워버리고 파도 소리는 점점 밤의 전부가 됐다. 밤이 분명한데도 밤은 어디론가 가버렸고 파도만이 남았다. 밤은 그렇게 파도만을 남겼다. 당신을 기다리는 시간 내내 파도 위로 가끔 별똥이 떨어졌다. 바스락거리던 조개들의 죽음이 잠시 빛났고 이내 파도에 묻혔다 소식은 없었다. 밤에 생긴 상처는 오래 사라지지 않는다. 도망치지 못했다 거진[2]

---

1 거진이라는 제목으로 발표된 시.
2 巨津. 강원도 고성군에 있는 소읍.

word 시월

기억은 우리보다 빠르고 허름하다. 기억은 피로 말한다. 행복해도 짐일 뿐인 것. 어차피 모든 별의 소식은 우리가 사라진 다음 이곳에 도달한다. 캄차카 반도의 반딧불이도, 북해의 일각고래도 기억 속에 있다. 기억은 불편한 짐이다. 석관(石棺)보다 무거운 짐이다. 기억은 피를 흘린다.

가면극이 끝날 때까지 그녀에게 세 번쯤의 통증이 찾아온다. 세 번의 기억이 그녀를 직면한다. 그녀는 세 번쯤 피를 흘린다. 피 앞에서 자비는 언제나 착각이다. 배우의 실수에서 시를 찾기 위해 그녀는 피를 흘린다. 기억은 피가 된다.

시월에 대해 울고, 시월에 대한 기억을 흘리며, 시월에 대해 시를 쓴다. 시월은 기억이다. 시월은 피다. 구체제 같은 완행열차 소리가 들린다. 왠지 편안하다. 오늘의 구도(構圖)는 피를 흘렸고 완행열차와 함께 기억이 됐다.

'기억'

그 어감을 피가 말해 주지 않는가.

태평성대

왜가리가 날아와
내 눈앞에서
오리 새끼를 잡아먹고 있었다
말이 안 되는 소리 같지만
왜가리는 오리 새끼도 먹는다

사무실에서 본
생태 도감에는 왜가리가 오리를 먹는다는 이야기는 없었다
해외 토픽감 왜가리를 보며
탄성을 지르는 사람들도
못 먹는 게 없기는 매한가지다

맞아 죽은 채 물 위에 뜬 시신에게
금기는 없다
존재가 다른 건
결국 먹어도 되는 것들인가
인간들은 왜가리이기도 하고

가끔씩 오리의 처지가 되기도 한다
물론 생태 도감에는 없는 이야기다
왜가리가 날아갔고
연못은 잠잠해졌다
먹고 먹히는 데 이유는 없다

신념이 필요 없는 이유는 충분하다

경칩

절대로 움직이지 않는 것과
움직일 수밖에 없는 것
그 사이

비가 추적거리고 있는데
삶은 아무것도 하지 않고 있었다
그저 움직여야 하는 것과
움직이지 못하는 것을
붙들고 있었을 뿐

그렇게
백 년쯤 흐르면
빨갛게 녹슨 족보가 쓰인다
누가
그 문을 울면서 나왔는지가 쓰여 있다

문이 열리고 닫히는 건 중요하지 않다

문을 붙들고 있는 녹슨 족보만이 슬프다

움직여야 하는 운명과
그렇지 못한 운명의
빨간 틈새

간밤에 추하다는 말을 들었다

배고픈 고양이 한 마리가 관절에 힘을 쓰며 정지 동작으로 서 있었고 새벽 출근길 나는 속이 울렁거렸다. 고양이와 눈이 마주쳤다. 전진 아니면 후퇴. 지난밤이 고스란히 남아 있는 나와 종일 굶었을 고양이는 쓰레기통 앞에서 한참 동안 서로의 눈을 바라보며 서 있었다. 둘 다 절실해서 슬펐다.

"형 좀 추한 거 아시죠."
얼굴 도장 찍으러 간 게 잘못이었다. 나의 자세에는 간밤에 들은 단어가 남아 있었고 고양이의 자세에는 오래전 사바나의 기억이 남아 있었다. 녀석이 한쪽 발을 살며시 들었다. 제발 그냥 지나가라고. 나는 골목을 포기했고 몸을 돌렸다. 등 뒤에선 나직이 쓰레기봉투 찢는 소리가 들렸다. 고양이와 나는 평범했다.

간밤에 추하다는 말을 들었다.

몰락의 아름다움

무너져 버린 콘크리트 더미 사이에서 고양이들이 짝짓기를 한다. 순식간에 장르가 바뀐다. 에로다. 며칠 전까지 이곳에서 벌어졌던 중장비들의 공포는 이미 잊혔다. 족보 한 장이 이렇게 쉽게 넘어갈 수 있을까.

몰락은 사족 없이도 눈부시다. 내밀한 서사가 창자 밀려 나오듯 밀려 나와 있는 몰락은 눈부시다. 미리 약속하지 않았으므로 몰락은 눈부시다. 그리고 그 몰락의 현장에서 벌어지는 짝짓기란.

무거웠던 것들이 모두 누워 버린 몰락의 한가운데서 고양이의 배 속에 담겨 날아온 씨앗들도 싹을 틔우리라. 똑바로 서 있던 벽의 모습은 고양이들에게 더 이상 기억되지 않으리라.

후회에 대해 적다

"혼자 아프니까 서럽다"는 늦은 문자를 받고, 남은 술을 벌컥이다가 덜 자란 개들의 주검이 널려 있는 추적추적한 거리를 걸었다. 위성도시 5일장은 비릿했다.

떠올려보면 세월은 더디게 갔다. 지금은 사라진 하숙촌에서 나비 떼 같은 사랑을 했었고, 누군가의 얼굴이 자동차 앞 유리창에 가득할 때도 그게 끝이라고 믿었다. 그러나. 어느 것 하나 아득해지지 않았으니 세월은 너무 더디다.

이제 어떡해야 하는 거지

아득해지지 않을 거라는 걸 알면서 스스로 가해자가 되어 문자로 답을 보냈다. 지금에 와서 나를 울린 건 사랑이 아니라 누군가의 삶이었을 뿐. 그 이상은 생각하지 않았다.

사람들은 비를 피해 은하열차처럼 환한 전철 속으로 뛰어들었고, 나는 "불행하다"고 생각하며 바짓단이 다 젖도록 거리에 서 있었다.

시월의 시

　이별하는 것 말고 다른 것도 할 줄 아는 사람은 시월을 잘 모르는 사람이다. 병동으로 옮겨지기 시작하는 단풍잎. 영혼이 빠져나가 파삭거리기만 하는 풀밭, 초속 5센티미터로 떨어지는 마지막 열매들. 죽은 새끼들을 낙엽에 묻고 날아가는 새들. 그리고 흙장난하는 아이들 이마에 불어오는 오래된 바람. 시월엔 가득 찼던 것들과 뜨거워졌던 것들이 저만치 떠날 짐을 꾸린다. 그걸 알아챈 추억들도 남쪽으로 가고. 시월엔 이별이 전부다. 시월은 이별밖에 할 줄 모른다. 시월에 무릎을 꿇는 이유다. 세상엔 만남의 몫이 있는 만큼 헤어짐의 몫도 있어서 이토록 서늘하다.

나무

나무는 모릅니다
저 작은 동산 너머 흐르는 시냇물을
가슴 철렁한 기적만 남기고
지평선 뒤로 사라지는 기차를
힘든 어깨에 장난감 새집을
달아 주는 명분을
나무는 모릅니다

그러나 나무는 알고 있습니다
거꾸로 자라는
제 또다른 정신이 있다는 걸
나무는 알고 있습니다

슬픈 버릇

가끔씩 그리워 심장에 손을 얹으면 그 심장은 이미 없지.
이제 다른 심장으로 살아야 하지.

이제 그리워하지 않겠다고
덤덤하게 이야기하면
공기도 우리를 나누었지.
시간이 날린 화살이 멈추고 비로소
기억이 하나씩 둘씩 석관 속으로 걸어 들어가면
뚜껑이 닫히고 일련번호가 주어지고
제단 위로 올라가 이별이 됐지.

그 골목에 남겼던 그림자들도,
틀리게 부르던 노래도,
벽에 그었던 빗금과,
모두에게 바쳤던 기도와
화장장의 연기와 깜빡이던 가로등도 안녕히.

보랏빛 꽃들이 깨어진 보도블록 사이로 고개를 내밀 때,
쌓일 새도 없이 날아가 버린 것들에 대해 생각했어요.

이름이 지워진 배들이 정박해 있는 포구에서
명치 부근이 이상하게 아팠던 날 예감했던 일들.
당신은 왜 물 위를 걸어갔나요.

당신이라는 사람이 어디에든 있는 그 풍경에서
도망치고 싶습니다. 당신은 지옥입니다.

이별의 서

우리가 할 수 있는 일은 없었지
서로를 가득 채운다거나
아니면 먼지가 되어 버린다거나 할 수도 없었지
사실 이 두 가지에 무슨 차이가 있는지도 알 수 없었지

한 시절 자주 웃었고
가끔 강변에 앉아 있었다는 것뿐

그사이 파산과 횡재와
저주와 찬사 같은 게 왔다 갔고

만국기처럼 별의별 일들이 펄럭였지만
우리는 그저 자주 웃었고
아주 가끔 절규했지

철로가 있었고
노란 루드베키아가 있었고

발가락이 뭉개진 비둘기들이 있었고
가끔 피아노 소리가 들렸고
바람이 많았지

반은 사랑이고 반은 두려움이었지
내일을 몰랐으니까
곧 부서질 것 같았으니까
아무리 가져도 내 것이 아니었으니까
어떤 단어도 모두 부정확했으니까

생각해 보면
너무 많은 바람, 너무 많은 빗물
이런 게 다 우리를 힘들게했지

우리의 한숨이 너무 깊어서
우리는 할 일을 다한 거 같았고
강변에서 일어나기로 했지

기뻐서 했던 말들이
미워하는 이유가 되지 않기

3부

신성과 세속

Midnight Special·2

밤을 달리는 모든 건 숙명이다.

죽어 없어지는 게 순간이라는 걸 알았다면 우리는 어린 나이에 터널 속으로 뛰어들지 않았을지도 모른다. 그해 여름 일곱 마리의 수소가 붉은 살덩이가 되어서 돌아왔다. 푸른 문신이 새겨진 부러진 발목 위엔 시곗바늘이 움직이고 있었다. 매를 맞아야 했던 날들과 살을 비비며 울었던 날들과 분노했던 날들이 뒤엉켜 흐르고 있었다. 뼛가루로 먼지로 사라져 버린 밤이었다.

그리고 얼마 후 털어 내듯 몸을 흔들며 오렌지색 물감을 칠한 일요일 밤열차가 지나갔다. 들끓는 세월의 한복판으로.

십일월

십일월의 나는 나쁘게 늙어 가기로 했다
잊고 있었던 그대가
잠깐 내 안부를 들여다본 저녁
창문을 열면
늦된 날벌레들이 우수수 떨어지곤 했다
절망의 형식으로 이 작은 아파트는 충분한 걸까
한참을 참았다가
뺨이 뜨거워졌다
남은 것들이 많아서 더 슬펐다

낙타가 몇 번 몸을 접은 후에야
간신히 땅에 쓰러지듯
세월은 힘겹게 바닥에 주저앉아
실눈을 뜨고 나를 바라보고 있었다
먼 서쪽으로는
노을이 재처럼 흩어지고 있었다

육군 00사단 교육대
기다란 개인 소총을 거꾸로 들고
내 머리통을 겨누었다
십일월이었다
어머니 도와주세요

미친 듯이 슬펐는데 단풍은 못되게 아름다웠다
신전 같은 산 그늘이 나를 덮었고
난 죽지 못했다

늙고 좋은 놈을 본 적이 없었다
사람들은 젊었을 때만 좋았다

십일월이 그걸 알려줬다

구내식당

지하 5층 구내식당에서 혼자 밥을 먹는다
그렇게 시를 지킨다 우리 나이엔 근육량을 늘려야 한다느
니 저금리 시대 가만히 있으면 안 된다느니 이번 인사가 어
땠고 누구 줄을 타야 한다느니……

이런 소식에서 멀어지기 위해
나를 소식에서 떼어 놓기 위해 나는 오늘도 구내식당에서
혼자 밥을 먹는다
넷이 앉는 자리에서도 여섯이 앉는 자리에서도 나는 늘
혼자다
그들이 나빠서가 아니다 내가 어느 날 병에 걸렸기 때문이
다 소식이 소화되지 않는 불내성증에 걸린 것이다

내려놓은 젓가락과 식탁의 끝선을 애써 맞추며
뿌리채소와 카레라이스를 씹는다
구내식당 벽에는 교과서에 실린 달달한 디저트 같은 시들
이 걸려 있고 나는 마츠 에크의 대머리 백조처럼

오늘도 혼자 밥을 먹으며 외롭고 슬픈 주문을 외운다

Midnight Special·3
—아버지의 날들

그만이 할 수 있는 조각이 있었다. 칫솔대에 기차역 이름을 새기는 일. 신은 무력한 죄수 아버지에게 추억을 선물했다. 냉정한 햇살이 담장 넘어 사라질 때 눈을 감으면 우등열차가 머릿속을 지나가는 소리가 들렸다. 그리곤 이명을 앓듯 아프게 그해의 꽃들이 지고 있었다. 그는 비극을 주고 아무것도 얻지 못했다. 세상에 떠나보내도 괜찮은 건 없었다. 세월도 사랑도.

포대기에 아이를 업은 아내가 면회를 오면 큰비가 지나갔다. 아이는 수숫대처럼 자라났다. 카스텔라를 사주고 싶었다. 세발자전거를 사주고 싶었다. 밤마다 어디 모여 있었는지 수많은 얼굴들이 밤기차를 타고 찾아왔다. 동틀 녘 그들을 보내고 고양이처럼 웅크려 있다 보면 햇살은 다시 담을 넘어 들어왔다.

아침이 되면 그는 날마다 운동장에 쪼그려 앉아 소소한 기념비를 세우고 있었다. 칫솔대에 새긴 팔만대장경.

슬픈 빙하시대 1

당신을 알았고, 먼지처럼 들이마셨고

산 색깔이 변했습니다. 기적입니다. 하지만 나는 산속에 없었기에 내게는 기적이 아니었습니다. 기적이 손짓해도, 목이 쉬게 외쳐도 나는 그 자리에 가만히 있었습니다. 가는 길도 잃어버렸습니다. 당신이 오랫동안 닦아 놓았을 그 길을 잃어버렸습니다. 이제 덤불로 가리어진 그 어디쯤, 길도 아닌 저 끝에서 당신은 오지 않는 나를 원망하고 있겠지요. 다시는 기다리지도 부르지도 않겠지요. 그 산을 다 덮은 덤불이 당신의 슬픔이겠지요.

호명되지 않는 자의 슬픔을 아시는지요. 대답하지 못하는 자의 비애를 아시는지요. 늘 그랬습니다. 이젠 투신하지 못한 자의 고통이 내 몫입니다.

내게 세상은 빙하시대입니다.

슬픈 빙하시대 2

자리를 털고 일어나던 날 그 병과 헤어질 수 없다는 걸 알았다. 한번 앓았던 병은 집요한 이념처럼 사라지지 않는다. 병의 한가운데 있을 때 차라리 행복했다. 말 한마디가 힘겹고, 돌아눕는 것이 힘겨울 때 그때 난 파란색이었다.

혼자 술을 먹는 사람들을 이해할 나이가 됐다. 그들의 식도를 타고 내려갈 비굴함과 설움이, 유행가 한 자락이 우주에서도 다 통할 것같이 보인다. 만인의 평등과 만인의 행복이 베란다 홈통에서 쏟아지는 물소리만큼이나 출처 불명이라는 것까지 안다.

내 나이에 이젠 모든 죄가 다 어울린다는 것도 안다. 업무상 배임, 공금횡령, 변호사법 위반. 뭘 갖다 붙여도 다 어울린다. 때 묻은 나이다. 죄와 어울리는 나이. 나와 내 친구들은 이제 죄와 잘 어울린다.

안된 일이지만 청춘은 갔다.

슬픈 빙하시대 4

나에게 월급을 주는 빌딩 뒤에는 타임캡슐이 묻혀 있다.

콘돔이며 뭐 이런 것들이 묻혀 있단다. 기념이란다. 난 그래도 학생 때와 마찬가지로 끝까지 간 사람을 존경할 줄은 안다. 그나마 다행이다. 난 때로는 말할 수 없는 것에 대해 말하기도 하고, 말할 수 있는 것에 대해 침묵하기도 한다. 따라서 나는 매우 실존적인 잡놈이다.

착각은 오류를 따지지 않는 법. 오늘도 나는 시내로 돈을 벌러 간다. 돈 벌러 온 놈들이 잔뜩 몰려 있는 곳으로 15년째. 시내는 세상의 중심이다. 물론 착각으로 판명 날 게 뻔하다. 개구멍에라도 빛이 들기를 바라는 마음으로 나는 또 하루를 썩힌다. 욕을 내뱉으며 엘리베이터 앞에 선다.

가끔은 토할 것 같다. 돈 버는 곳에선 아무도 진실하지 않지만 아무도 무심하지 않다. 난 천성이 도 닦을 놈은 못된다. 버틸 뿐이다.

밤마다 내가 백상아리가 되는 꿈을 꾼다.

아나키스트

우물을 들여다보는 게
두려웠던 사람들.
우물이 오염됐다고
아무리 서류를 작성해도
우물은 바뀌지 않았다.

시름시름
우물에 얼굴을 비춰 본 사람들은
우물에서
치욕을 맛보고
풍파를 읽는다.

우물은
눈물과 땅이 고인
검은 배꼽.
잡사를 비추는
생의 배꼽.

들여다본 자들은
불안에 빠진다
누구는
배꼽으로 들어갔고
누구는 나오지 못했다.

우물에서는
가끔 저음의 포유류 울음소리가
들렸지만 그걸로 끝이었다.

당국은
2급수를 유지하고 있다고 했지만
사람들은
역병에 시달렸다.

부적응의 천재가 어느 날

우물을 폭파시켰고
우물은 다시 생겼다.

그래도 사람들은
우물과 친해지지 않았다.

어떤 갈등도
농담으로 무마되지 않을 때
이미 선을 넘은 것이다.

신성한 모든 것은 세속적으로 된다[3]

때려죽여도 파바로티가 될 수 없는 남자가
노란 가발을 쓴 채 악을 쓴다
우랄 알타이의 패배
나의 패배
그가 가 닿은 극점은
무엇이었을까
그는 무엇을 보았을까

생각이 바뀌고 몸이 바뀌고
나뭇가지에 걸린 검은 비닐봉지가
꽃처럼 널린 그런 날
유치하지 않은 것도
유치한 것도 없는 그런 날
한옥 마을 앞에서
뾰족구두 청바지에

---

3 마르크스, 『공산당 선언』 중에서.

머리에는 원색 조바위를 쓴
아줌마가 300원짜리 잉어밥을 팔고 있는 그런 날
공자의 후손들이 몰려와
붕어빵을 사 먹는 그런 날
모호해서 경이로운 날

안에 있는 자는 이미 밖에 있던 자다

불빛이 누구를 위해 타고 있다는 설은 철없는 음유시인들의 장난이다. 불빛은 그저 자기가 타고 있을 뿐이다. 불빛이 내 것이었던 적이 있는가. 내가 불빛이었던 적이 있는가.

가끔씩 누군가 나 대신 죽지 않을 것이라는 걸. 나 대신 지하도를 건너지도 않고, 대학 병원 복도를 서성이지도 않고, 잡지를 뒤적이지도 않을 것이라는 걸. 그 사실이 겨울날 새벽보다도 시원한 순간이 있다. 직립 이후 중력과 싸워 온 나에게 남겨진 고독이라는 거. 그게 정말 다행인 순간이 있다.

살을 섞었다는 말처럼 어리숙한 거짓말은 없다. 그건 섞이지 않는다. 안에 있는 자는 이미 밖에 있던 자다. 다시 밖으로 나갈 자다.

세찬 빗줄기가 무엇 하나 비켜 가는 것을 본 적이 있는가. 남겨 놓는 것을 본 적이 있는가. 그 비가 나에게 말 한마디 건넨 적이 있었던가. 나를 용서한 적이 있었던가.

숨 막히게 아름다운 세상엔 늘 나만 있어서 이토록 아찔
하다.

좌표평면의 사랑

(좌표평면 같은 아일랜드의 보도블록 위를 노면전차가 지나가고 있었다. 이백 년쯤 된 마찰음이 빈속을 긁고 자본주의는 싸구려 박하사탕을 빨고 있었다.)

사랑은 언제나 숫자를 믿어왔다.

사랑은 노래가 아니라 그래프다. 환각의 정도를 나타내는 그래프. 두 명의 상댓값이 어떤 관계에 있는지 보여 주는 그래프. 머릿속에서는 수식이 흐르지만 그래프에서는 눈물이 흐른다. 좌표평면 위의 사랑.

힘들게 찾아온 사랑이라고 힘들게 가라는 법은 없다. 아무리 어렵게 온 사랑도 그래프 위에선 명료하다. 정점에 선 순간 소실점까지 내리꽂는 자멸.

좌표평면에선 언젠가는 모두가 떠나고 새 판이 그려진다. 소중한 것을 너무나 빨리 내려놓는 재주. 이곳의 미덕이다.

계절풍이 불었다.

어떤 방의 전설

아침마다 빨랫줄에 앉아 울고 가는 까마귀가 있었고, 마름모꼴로 생긴 방이었다. 어느 계절이었다. 세상에 나갈지 말지를 고민했다. 방에서 나오면 철제 계단이 있었다. 철제 계단을 감당하면 그다음 골목들과 간판들과 주택들. 이런 것들을 감당해야 했다.

번번이 포기했었다. 철제 계단 앞에서 돌아서곤 했다. 하루종일 뒹굴던 작은 방에는 주술 같은 연속무늬가 있었다. 하나씩 세다 보면 무늬들은 엄청난 속도로 자기들끼리 만나고 헤어졌다. 그 방도 벅찼다.

새로 만들어진 것을 피해 내가 살았다. 미래는 서툰 권력이다. 난 방을 나가지 않았다.

당신은 언제 노래가 되지

빼다 박은 아이 따위 꿈꾸지 않기. 소식에 놀라지 않기. 어쨌든 거룩해지지 않기. 상대의 문장 속에서 죽지 않기.

뜨겁게 달아오르지 않는 연습을 하자. 언제 커피 한잔하자는 말처럼 쉽고 편하게, 그리고 불타오르지 않기.

혹 시간이 맞거든 연차를 내고
시골 성당에 가서 커다란 나무 밑에 앉는 거야. 촛불도 켜고

명란파스타를 먹고 헤어지는 거지. 그날 이후는 궁금해하지 않기로.

돌진하는 건 재미없는 게임이야. 잘 생각해. 너는 중독되면 안 돼.

중독되면
누가 더 오래 살까? 이런 거 걱정해야 하잖아.

뻔해,
우리보다 융자받은 집이 더 오래 남을 텐데.

가끔 기도는 할게. 그대의 슬픈 내력이 그대의 생을 엄습하지 않기를, 나보다 그대가 덜 불운하기를, 그대 기록 속에 내가 없기를.

그러니까 다시는 가슴 덜컹하지 말기.
이별의 종류는 너무나 많으니까. 또 생길 거니까.

너무 많은 길을 가리키고 서 있는 표지판과
너무 많은 방향으로 날아오르는 새들과
너무 많은 바다로 가는 배들과
너무 많은 돌멩이들

사랑해. 그렇지만
불타는 자동차에서는 내리기.

당신은 언제 노래가 되지.

우리의 생애가 발각되지 않기를

사랑이 끓어넘치던 어느 시절을 이제는 복원하지 못하지.
그 어떤 불편과 불안도 견디게 하던 육체의 날들을 되살리지
못하지. 적도 잊어버리게 하고, 보물도 버리게 하고, 행운도
걷어차던 나날을 복원하지 못하지.

그래도 약속한 일은 해야 해서
재회라는 게 어색하기는 했지만.

때맞춰 들어온 햇살에 절반쯤 어두워진 너. 수다스러워진
너. 여전히 내 마음에 포개지던 너.

누가 더 많이 그리워했었지.
오늘의 경건함도 지하철 끊어질 무렵이면 다 수포로 돌아
가겠지만
서로 들고 왔던 기억. 그것들이 하나도 사라지지 않았음
을. 그것이 저주였음을.

재회는 슬플 일도 기쁠 일도 아니었음을.
오래전 노래가 여전히 반복되고 있음을.

그리움 같은 건 들키지 않기를. 처음으로 돌아가려 하지
않기를.
지금 이 진공관 안에서 끝끝내 중심 잡기를.

당신. 가지도 말고 오지도 말 것이며
어디에도 속하지 말기를.
그래서 우리의 생애가 발각되지 않기를.

이별의 재해석

이별은 계절인가 아니면 색깔인가
그것도 아니면 공기인가

지난겨울 날렸던 연이
예기치 못한 각도로
곤두박질쳤던 것처럼
이별은
전면적이고 모든 것인 일

세상의 모든 설탕 덩어리들이
언젠가 다 물에 녹듯
긴 잠에서 깨어나면
어차피 이 세상이 아닌 것

이별한 사람들이 쓴
마지막 편지들을 읽는다
마지막이므로 진실을 말하지 못한다

진실은 그저 무덤 속으로 걸어 들어갔다

이별은 그런 것이다
모든 이별은
자신만의 무덤을 하나씩 갖는다

내일을 살지 않을 거라면
오늘도 주지 않는 게 맞다

손에 죽은 꽃나무의 모종을 들고 서 있었다

점토판

새의 발자국 같은 사랑을 새겼더란다.

변하지 않는다는 미망도, 줄지어 늘어선 서약도, 한번 베
이면 천 년을 간다는 상처도 새의 발자국처럼 동풍에 밀려
떼를 지어 사라졌더란다.

진흙에 갇힌 사랑.
춘분과 추분을 잘못 계산한 사랑. 늙지 않는 벌을 받은 사
랑. 죽어도 죽지 않는 쐐기문자로 남은 사랑. 섭씨 천 도쯤에
서 구워진 사랑. 끔찍한 세월을 지나온 사랑.

비 한 방울 오지 않는 곳에서 감히 사랑에 빠진 자들은 끔
찍하게 일만 년을 살았더란다. 마르고 말라서 수메르의 노래
가 됐더란다.

내가 사랑을 알기 전
아버지의 아버지의 아버지가 사랑을 알기 전

수억 번의 일요일이 오기 전
그들은 사랑을 새겼더란다
새의 흔적 같은 사랑을

대홍수를 견딘 사랑
제 얼굴도 보지 못하고
일만 년 동안 말라붙은
쐐기 같은 사랑

초개인주의자의 시

박혜진(문학평론가)

결빙의 13년

허연은 추운 이름이다.[4] 내가 그 이름에서 낮은 온도를 체감하는 이유는 이젠 그의 페르소나가 되어 버린 '법처럼 서있는 나쁜 소년'(「나쁜 소년이 서 있다」) 때문이 맞다. 벌처럼, 혹은 법처럼 서 있는 그 모습은, 죄를 지었지만 그 죄를 반성하지 않는 반항적인 눈길로 나를 노려본다. 반성하지 않는 죄인에서 '벌'의 표정만이 아니라 '법'의 표정까지 읽을 수 있는 경우란 결국 한 가지로 수렴될 것이다. 그가 지은 죄가 자기 자신에게 가한 죄일 때, 벌할 수 있는 자격도 자기 자신이 유일할 때. 내가 나의 가해자이고 내가 나의 피해자이므로 벌주는 나와 벌 받는 나는 앞뒤를 이루고 있을 뿐 서로를 공

---

4 "샤샤는 추운 이름이다", 허연, 「날짜변경선」

격할 수 없다. 싸울 수도 없지만 화해할 수도 없으니 변화는 존재하지 않는다. 꼼짝하지 않는 세계는 차갑다. 그러나 내가 허연을 추운 이름이라 부르는 이유가 홀로 선 어느 소년의 '나쁜' 눈빛 때문만은 아니다.

『나쁜 소년이 서 있다』는 2008년에 출간되었다. 첫 시집 인 『불온한 검은 피』가 1995년에 출간되었으니 그 사이에는 13년의 공백이 있다. 『나쁜 소년이 서 있다』 이후 4년 만에 『내가 원하는 천사』가 출간되었고, 그로부터 4년 뒤에 『오십 미터』가, 또 4년 뒤에 『당신은 언제 노래가 되지』가 출간되었 다. 이 엄격한 간극에서 우리가 읽어 낼 수 있는 것은 조만간 또 한 권의 시집이 나오겠다는 산술적 예측만이 아니다. 13 년의 공백은 그에게 이례적이다. 차라리 절필이라는 말이 더 어울릴 법한 시간. 물론 허연은 그동안에도 많은 것을 썼을 것이다. 쓰는 것은(記者) 그의 직업이었으니까. 그러나 그 시 간 동안 그가 세상에 내보인 글 가운데 시는 없었다. 그가 시 를 잊(잃)고 살았던 13년은 철저히 공백에 부쳐진 13년이다. 비어 있는 그 시간을 해명하는 것은 중요하다. 그의 이름에 서린 낮은 온도에 대한 보다 본질적인 해답이 그 시간에 있 기 때문이다.

그렇다면 우리가 먼저 물어야 할 것은 사라지기 전 그가 남긴 유일한 단서, 『불온한 검은 피』에 대한 것이 되어야 마 땅하겠다. 『불온한 검은 피』는 어떤 시집이었고 그 시집을 끝 으로 사라진 허연은 어떤 시인이었나. 수록작 중 가장 널리 알려진 시는 많은 것을 증언해 보인다. "여름날 나는 늘 천국이 아니고, 칠월의 나는 체념뿐이어도 좋을 것"(「칠월」). 강한 체념은 오히려 강한 긍지를 의미한다. 체념뿐이어도 좋다는 말은 체념마저도 나를 넘어뜨릴 수 없다는 강한 긍정의 표현이고, 늘 천국이 아니어도 좋다는 말은 천국이 없어도 내 여름은 무성할 수 있다는 자기 암시의 표현이다. 급락을 가리키며 급등으로 이동하는 아이러니한 문법은 자조를 통해 자신의 비참을 사랑하는 한 나르시시스트의 겸손한 초상인 동시에 자신 안에 양극단을 보존한 채 부분에 의한 변화를 허락하지 않는 결벽증적 전체주의자의 문법이기도 하다. 핵심은, 자신과의 불화를 오로지 자신과의 관계 속에서 해결하는 초개인주의자의 세계에 타협하고 결합하는 대상으로서의 타자가 없다는 것이다. 당시 허연의 시를 향해 내려진 '무국적'이라거나 '도시적' 취향이라는 평가는 타자라는 중간자 없이 극단의 '자아상'만으로, 즉 패배주의적 자아상(自我像)과 도취적 자아상이 공존하는 모순된 형식으로 전체를 충족시키고 마는 그의 극단적 개인주의에 대한 가장 중립적인 표현이었을 수는 있다. 그러나 그것이 가장 정확한 표현이라고 할 수는 없는데, 그의 시에서 국적과 도시는 이미 존재하지 않는 세계였기 때문이다. 허연의 시에는 일찍이 자기 자신만이 존재했다.

그러나 그가 사는 세계는 여전히, 정반합으로 움직여 나가며 변화하는 '정치적 세계관'이 지배하는 곳이었다. 그런 세상에서 양극단만이 존재하며 그것이 '전부'의 형식으로 표현되는 '동시성의 세계관'은 파악될 수 없었을 것이다. 세기말과

밀레니얼이라는 시끄럽고 화려한 시대에 허연이라는 한 초개인주의자가 종적을 감춘 배후에는 그의 시가 그가 살아가는 세계의 패러다임과 완벽하게 불일치했다는 진실이 자리한다. 시집의 제목이 된 "불온함"은 비유가 아니었다. 비유가 아닌 불온함은 문학적으로 사라지지 않고 물리적으로 사라진다. 허연은 사라졌다. 리얼한 방식으로. 그러나 시집『불온한 검은 피』는 결빙된 채 그대로 보존되어 읽히고 또 읽히며 한국 현대시의 새로운 전형이 되었다. 스스로를 벌하고 스스로가 법이 되는 궁극의 모순이자 궁극의 자기완결적 존재는 녹아 흐르지 않았고, 흐르며 섞이지 않았다. 우리는 허연이 없는 곳에서 허연을 읽었고 허연은 자신이 없는 곳에서 신화가 되었다. "삐뚤어진 세계관을 나누어 가질 그대"를 갖지 못한 허연은 철저하게 아웃사이더였고 "아무도 사는 걸 가르쳐주지 않"아 "빛을 피해 걸어"간 그는 실존적으로도 아웃사이더였다. 이것이야말로 허연의 추운 이름에 깃든 내력이다.

부적응의 천재

13년 동안의 허연은 외로웠을까. 아마도. 그러나 그때 그 고독이 허연의 시에 있어 가장 생동감 넘치는 모더니티의 숨결을 불어넣어 주었다는 말 역시 비유가 아니다. 아웃사이더는 모더니즘의 전제조건이기 때문이다. 모더니즘을 규정하는 복잡다단한 정의의 핵심에는 관습적인 감수성에 반하는 충동과 더불어 집요한 자기 탐구가 있다. 여기서 아웃사이더는 문학적 수식어나 비유 차원에서 다루는 태도의 문제가 아니다. 문학적 방법론으로서의 아웃사이더가 모더니즘의 필요조건이라면 삶의 자세로서의 아웃사이더는 모더니즘의 충분조건이다. 허연은 문학적 아웃사이더인 동시에 삶의 아웃사이더였다. 인간은 자신이 설명할 수 없는 존재를 만났을 때 그것을 믿지 않는 식으로 두려움을 회피한다. 그의 시가 충분히 설명되지 않았다면 그가 설명되지 못하는 존재였기 때문인 한편 그가 설명하고 싶지 않은 존재였기 때문일 것이다. 부적응을 이해함으로써 그것이 사실상의 비적응임을 드러내는 건 적응이라는 기존 질서에 대한 반역인 탓이다. 따라서 "부적응의 천재"(「아나키스트」)였던 허연을 설명할 수 있는 이념이란 앞선 낭만주의자들이 경외한 "반항적 비순응주의"[5]가 유일하고, "호르몬이 꾸는 꿈"(「걷기2」)을 설명할 수 없는 건 오히려 자연스러운 일이다. 의도하지 않는 허연의 시가 지니는 질감은 예외 없이 즉흥성을 통해 발현된다. 자유연상을 통한 부정과 비이성의 실현, 즉흥적 반응과 설명할 수 없음이야말로 온전하게 아웃사이더였던 허연이 모더니즘의 첨탑에 자리한 가장 결정적 이유일 것이다.

　　비가 내렸습니다.

5　피터 게이, 정주연 옮김, 『모더니즘』(민음사, 2015).

권진규 씨는 허름한 옹이 박힌 관 속에 누워 있었습니다. 언제까지나 시들지 않을 것 같은 꽃은 모차르트가 들고 왔습니다. 잉크가 번져 얼룩진 리본엔 "내 정신이 너의 가슴에"라고 적혀 있었습니다. 여섯 명의 조객 중엔 천재도 범인도 바보도 있었습니다. 하관이 끝나고 빗줄기가 굵어지자 붉은 황토물이 그들의 발을 적셨고 갑자기 모차르트가 소리를 지르며 뛰어가고 있었습니다.

— 「권진규의 장례식」

「권진규의 장례식」에서 시인은 조각가 권진규의 하관식이 이뤄지고 있는 순간을 묘사하고 있다. 관 속에 누워 있는 사람은 예술가 권진규라기보다는 범인 "권진규 씨"다. 그 주변으로 천재도 범인도 바보도 있으며, 그중엔 모차르트도 있다. 범인 권진규처럼 묘사되고 있지만 천재이자 바보이기도 했던 권진규. 천재였던 모차르트이지만 범인이자 바보이기도 했을 모차르트. 흙탕물이 발을 적시면 그들은 모두 발이 젖는다. 천재도 범인도 바보도 예외 없이 발이 젖는다. 그러나 권진규의 죽음과 하관식, 내리는 비와 모차르트의 비명 사이에는 어떤 연결고리도 존재하지 않으며, 우연이나마 연결이 있다면 그것은 시인 내면의 사정일 뿐이다. 그러므로 권진규의 장례식을 그리는 이 시가 묘사하는 것은 자유연상과 즉흥성, 요컨대 비이성 그 자체다. 허연은 이 시를 통해 자신에게 예술이 무엇인지 답하고 있다. 예술은 설명할 수 없는 것이다. "호르몬이 꾸는 꿈"을 누구인들 설명할 수 있을까. 소멸과 몰락,

이른바 부정만이 설명을 필요로 하지 않는다. 설명할 필요 없는 몰락만이 그에겐 아름다움의 대상이 될 수 있다.

몰락은 사족 없이도 눈부시다. 내밀한 서사가 창자 밀려 나오듯 밀려 나와 있는 몰락은 눈부시다. 미리 약속하지 않았으므로 몰락은 눈부시다. 그리고 그 몰락의 현장에서 벌어지는 짝짓기란.

무거웠던 것들이 모두 누워버린 몰락의 한가운데에서 고양이의 배 속에 담겨 날아온 씨앗들도 싹을 틔우리라. 똑바로 서 있던 벽들의 모습은 고양이들에게 더 이상 기억되지 않으리라.
— 「몰락의 아름다움」에서

부정과 소멸의 세계가 보여 주는 실존적 확신은 『내가 원하는 천사』에서 반복되는 모티프다. 「몰락의 아름다움」에서 시인은 부서지고 소멸하는 것들의 이미지와 생산과 탄생의 이미지를 병치시킨다. 이의를 제기할 수 없는 확신과 그러한 확신이 지니는 가치는 '몰락'이라는 폐허에서만 존재한다는 역설은 오직 '부정'만을 인정하는 그의 세계관을 반영한다. 부정은 다다이스트들의 방법인 동시에 그들의 내용이기도 했다. 다시 말해 부정은 그들의 전부였다. 자유연상, 즉흥성, 비이성, 부정으로 이어지는 허연 시의 미학은 초현실주의가 달성하고자 했던 목표와 유사한 효과로 이어진다. 이들 모더니스트들은 하나같이 예술에 관한 한 "이성이 행사하는 억제 작용이 전혀 없는 상태에서 생각에 의해 미학적, 도덕적 선입관을 초월하여 기록된 것"[6]이라는 정의를 고수했다. "꿈의 무한한 힘"과 "사고의 목적지 없는 유희"만이 그들이 지향하는 예술이었다. 초현실주의적 재현은 허연 시의 비약에 내재된 특징이거니와 그의 시는 일체의 타자, 즉 이성이 현재적인 힘을 행사하지 않는 내면세계의 전개도이다. 「나의 마다가스카르3」은 목적지 없이 유희하는 허연의 방식을 극적으로 보여 준다.

그날 동네 하천이 넘쳤을 때 어머니는 사람들 만류를 뿌리치고 무릎까지 잠긴 집에 들어가 아들이 아끼던 수동 타자기를 들고 나왔다. 난 그날 번지점프를 하러 갔다.

전화기 너머에서 어머니가 물었다. "바오로니 베드로니?" 난 대답했다. "아니오 예수입니다." 난 그날 마다가스카르로 갔다.

어머니가 돌아가신 날 육개장을 퍼먹으며 나는 나의 이중성에 치를 떨거나 하진 않았다. 난 그날 야간 비행을 하러 갔다.

나의 소혹성에서 그런 날들은 다른 날과 같았다. 난 알고

---

6   앙드레 브르통, 황현산 옮김, 『초현실주의 선언』(미메시스, 2012).

있었던 것이다. 생은 그저 가끔씩 끔찍하고, 아주 자주 평범하다는 것을.

　　　　—「나의 마다가스카르3」에서

　「나의 마다가스카르3」은 동네에 하천이 넘친 날, 사람들 만류를 뿌리치고 물에 잠긴 집에 들어가 아들이 아끼던 수동 타자기를 들고나온 어머니가 보여 주는 아들에 대한 사랑과 어머니를 기억하는 아들의 삽화들로 구성되어 있다. 어머니와의 추억을 떠올리는 '나'는 이후 어머니의 장례식장에서 슬픔에 잠기지 못하고 육개장을 먹고 있는 자신을 상기한다. 일견 이 시는 어머니의 부재와 그리움이라는 감성적인 서사로 구축된 시처럼 보이지만 그러한 장면은 곧바로 번지점프나 야간비행을 하러 가는 '나'로 이어지며 서사적 연결을 차단한다. 아들의 서사에서 '나'의 서사로 비약할 때, 그사이는 부재로 남겨져 있다. 거꾸로 자라는 나무처럼 생긴 바오밥나무로 가득한 마다가스카르와 어머니에 대한 추억을 연결시키는 것도 가능하겠지만, 더 이상의 설명을 생략함으로써 서사의 가능성은 사라진다. 그리움의 방향은 이내 아들의 시간에서 '나'의 시간으로 급회전한다. 어머니의 죽음과 '나' 사이를 부재로 남겨 둠으로써 "그런 날들은 다른 날들과 같"은 날이 된다. 모든 날이 그날이자 어떤 날도 그날이 아닌 매일은 그의 슬픈 유희에 목적지가 없음을 증명한다. 부적응의 천재에게 방향은 필요하지 않다. 방향 없는 그의 시는 이야기를 부정하고, 이야기를 부정함으로써 구성된 '나'라는 서사를 부정한다.

자기 예언적 시

방향 없는 모더니스트들은 자기 몰입에 천착했다. 독일의 모더니스트 화가이자 대표적인 현대 도시 화가이며 신경증 환자이기도 했던 에른스트 키르히너의 자화상 「남자의 머리」는 자신에 대한 표현주의적 기록을 대표하는 작품이다. 방향감각의 상실, 성적 기호, 위험한 정신 상태 등 자신을 표현한 수많은 자화상을 그린 키르히너는 "자신의 작품이 내적 동요의 누설"[7]이라고 강조했다. 실제로 수많은 내면이 각양각색의 방식으로 누설되었다. 키르히너에 견줄 수 있는 화가로 손꼽히는 배크만은 자신의 우울을 포착하고 전달하기 위해 형태와 색상을 극적으로 왜곡했다. 뭉크의 자화상은 그로테스크한 형태와 색깔로 일그러진 내면을 표현했으며 고흐 자화상의 환각적 터치는 그 내면에서 벌어지고 있던 착란을 사실적으로 반영한다. 모더니스트 화가들에게 자기 몰입과 자기 탐구를 통한 자기 표현은 가장 중요한 예술적 실체였다. 그들에게 자신의 속성을 이해하는 것은 세계를 향한 궁금증과 비견해 조금도 사소하지 않았고, 자신의 속성을 이해하는 것이 곧 세계를 이해하는 것이기도 했다.

---

7   피터게이, 정주연 옮김, 『모더니즘』(민음사, 2015).

허연은 "내가 내 욕망의 화자가 되어야 하는 건 지나친 형벌"(「話者」)이라고 했지만, 기어이 자기 욕망의 화자가 되는 형벌을 수용함으로써 자기 탐구에 몰입한다. 자기 욕망의 화자가 되는 것은 자기 탐구를 결행하는 운명에게 피할 수 없는 시점(視點)이다. 「가시의 시간1」은 일관된 자기 몰입의 현장이자 오직 자기 자신의 욕망을 시적 대상으로 삼는 자에 대한 자화상이다. 불안의 한가운데에서 입구도 출구도 없는 불면의 밤을 보내는 화자는 자신의 온몸에서 가시를 느낀다. 이는 그의 자화상을 우울로 표상되는 정신적 질환과 연결 짓게 하는 근거가 된다. 그러나 이 시는 인간의 속성으로서의 고통과 병리적 증상으로서의 고통 사이에서 아슬아슬하게 줄타기하며 어느 한쪽으로도 기울어지지 않음으로써 내면에서 벌어지는 변화의 양상을 질환이라는 병리적 개념으로 환원시키길 거부한다. 환원시키지 않으려는 힘은 모더니스트에게 중요한 이념일 수 있다. 병리적 주체로 환원되기 위해서는 서사적 자아가 구성되어야 하고, 구성된 자아는 대체로 사회적이며 허구적이기 때문이다.

> 내 온몸에 가시가 있어 밤새 침대를
> 찢었다. 어제 나의 밤엔 아무것도 남지
> 못했고 아무것도 들어오지 못했다.
> 가시는 아무런 실마리도 없이 밤마다 돋아
> 나오고 나의 밤은 전쟁이 된다.
> 출구를 찾지 못한 치욕들이 제 몸이라도

지킬 양으로 가시가 되고 밤은 길다.

— 「가시의 시간 1」에서

모더니스트 화가들이 우울한 자신의 매일 다른 모습 속에
서 표현하고 싶었던 것은 고유한 성격으로서의 자신이었다.
그 중심에 퍼스낼리티가 있다. 올포트(G. W. Allport)는 퍼스
낼리티를 한 개인이 환경에 대해 그 나름의 독특한 방식으로
적응하려고 하는 심리적, 생리적인 역동적 체계로 정의한다.
퍼스낼리티는 문학의 중요한 테마인 자아와 구분된다. 자신
을 향한 인식의 한 과정을 의미하는 자아가 개인에 대해 말
할 수 있는 '보편적 이름'이라면 고유한 성격으로서의 퍼스낼
리티는 자아라는 상태를 이루는 개별적인 요소들에 가깝다.
허연의 시는 자기 자신을 표현하기 위한 내적 충동에 시달린
다. 그 시달림은 끊임없이 분열하며 고통을 낳지만 그 고통
은 자신이 존재할 수 있는 원료가 된다. 이때 각각의 분열은
'자아'로 통합되지 않고 특수한 속성들로 파편화된 채 유지된
다. 끝내 의미가 되지 않고 결코 서사가 되지 않는다. 맥락화
되지 않음으로써 고유해지는 '나'는 그저 "들뜬 혈통"이다.

하늘에서 내리는 뭔가를 바라본다는 건
아주 먼 나라를 그리는 것과 같은 것이어서
들뜬 혈통을 가진 자들은
노래 없이도 노래로 가득하고
울음 없이도 울음으로 가득하다

(생략)
폭설에 들뜬 혈통은
밤에 잠들지 못하는 혈통이어서
오늘 밤 밤새 눈은 내리고
자든지 죽든지
용서는 가깝지 않다
　　　—「들뜬 혈통」에서

　들뜬 혈통에게 용서가 가깝지 않은 건 용서가 맥락화된 이야기, 즉 의미화 작용의 결과이기 때문이다. 그들은 어떤 이야기에도 자신을 의탁하지 않는다. 들뜬 혈통의 부족은 노래와 울음을 구분하지 않는다. 노래와 울음을 구분하는 건 인간이 세상에 적응하는 방식일 뿐, 새는 노래하며 울고 울며 노래한다. 그러므로 허연이 "나쁜 소년"을 페르소나로 가진 것은 우연으로 인해 발생한 단발적 사건이 아니다. 페르소나는 그의 시의 일관된 주제인 퍼스낼리티가 표현되는 구체적인 방법이기 때문이다. 페르소나는 퍼스낼리티의 결과물이다. 다양한 속성을 지닌 다양한 페르소나의 등장은 허연이 각각의 '나'를 표현하는 방식이다. 허연은 끊임없이 페르소나를 낳는 퍼스낼리티를 통해 심리적이고 생리적인 역동적 체계로서의 '내적 현실'에 리얼리티를 공급한다. "해탈은 없고 이탈만 남은 새벽을 멍하니 바라"보는 아웃사이더, "수요와 공급 곡선을 이탈"한 아웃사이더, 이야기가 되지 않는 아웃사이더는 "세상엔 새로운 날이 올 것이"라고 예견하는 동시

111

에 그 새로운 날을 "지긋지긋한 어떤 날"(「천국은 없다」)이라고 예언한다. 허연의 시는 태초의 '나'이자 최후의 '나'를 장악함으로써 자기 자신의 신이 된다. 자신을 향해 몰입하는 허연의 '자기 예언적 시'가 '미래파'의 시작이 된 건 자연스러운 일이었다.

실패한 사랑과 무차별주의

부적응의 천재가 어느 날
우물을 폭파시켰고
우물은 다시 생겼다.
— 「아나키스트」에서

지금까지 나는 "부적응의 천재"인 허연이 부정과 즉흥성의 방식으로 비이성, 이른바 소멸의 세계를 긍정하고 자신의 내면에 몰입하는 과정을 통해 모더니즘의 이념을 표현하는 과정을 지켜보았다. 그는 자신을 둘러싼 세계를 폭파하고 오직 자기 자신으로 이루어진 "공화국"을 건설해 그 나라의 법이자 벌이 되었다. 그러나 그의 시적 에너지가 폭파에만 있다고 할 수는 없다. 허연의 부정이 허무주의로 그치지 않는 건 그의 소멸이 또 다른 우물을 만들었기 때문이다. 그 우물은 사랑의 개입으로 건설되었다. 이제 나는 그가 세운 공화국이 부정과 반항의 결과물이자 상징물일 뿐만 아니라 끝없이 새로운 무질서라는 주장을 하려고 한다. 끝없음, 새로움, 무질서. 세 개의 축은 사랑을 동력으로 계속 움직인다. 허연이 지속적으로 반복하며 변주하는 실패한 사랑은 자신을 거듭 분열시키는 동력에 대한 비유다.

허연의 시는 사랑을 통해 자기완결성이라는 폐쇄적 개인주의가 아닌 무한한 개인주의로 나아간다. 김수영에게 사랑이 '변화'의 동력이었다면, 허연에게 사랑은 천재와 범인과 바보가 동일한 무게가 될 수 있도록 만드는 조절장치로서 한층 구체화된다. 그의 시에서 사랑은 종종 새기는 행위로 표현된다. 필멸하는 인간이 사랑을 통해 영원한 존재가 된다는 건 사랑의 일반론일 것이다. 허연의 미학이 발생하는 것은 그 사랑이 새겨지는 장소이며, 동시에 사랑을 새기는 주체의 변화다. 사랑을 새기는 주체로서 "아버지"의 지위는 자신이 사랑을 새기는 사물과 연동되어 변해 간다. "남자는 사랑이 식는 걸 두고 볼 수 없었다. 신전 기둥에 모든 새들의 머리가 자신의 사랑을 경배하도록 새겨놓았다."(「마지막 무개화차」) 처음 아버지는 기둥에 사랑을 새겼다. 더 많은 기둥을 세우다 미쳐버렸을망정 사랑이 식는 걸 두고 볼 수 없었던 아버지는 자신의 사랑이 '경배'받을 수 있도록 신전에 그것을 새긴다. 이때 아버지는 신의 위치에 있으며, 그가 새긴 것은 새들의 머릿속에 있다. 머릿속의 사랑이란 관념적이고 추상적인 '사랑'의 이데아일 것이며 그 사랑은 영혼의 언어로 쓰일 것이다. 또 다른 사랑은 점토판에 새겨진 사랑이다.

내가 사랑을 알기 전
아버지의 아버지의 아버지가 사랑을 알기 전
수억 번의 일요일이 오기 전
그들은 사랑을 새겼더란다
새의 흔적 같은 사랑을

대홍수를 건딘 사랑
제 얼굴도 보지 못하고
일만 년 동안 말라붙은
쐐기 같은 사랑
—「점토판」에서

「점토판」에 새겨진 것은 인간의 사랑이다. "아버지의 아버지의 아버지가 사랑을 알기 전"이란, 누대에 걸친 인간의 사랑을 의미한다. 이때 그들이 새기는 것은 새의 흔적 같은 사랑으로, 새들의 머릿속에 있는 사랑보다는 확실히 현실의 차원에 존재하는 사랑이다. 그런가 하면 「Midnight Special·3
—아버지의 날들」에서 사랑은 칫솔대에 새겨진다. "칫솔대에 기차역 이름"과 "팔만대장경"을 새기는 아버지는 죄수다. 수감된 아버지는 "소소한 기념비"를 세우며 마치 속죄하듯 칫솔대에 조각을 한다. 이때의 사랑은 경배받고자 하는 신의 사랑도 아니고 누대에 이어지는 인간의 사랑도 아니다. 이것은 죄인의 사랑이다. 신전에서 칫솔대에 이르는 사랑의 조각에서 알 수 있는 것은, 존재가 높을수록 사랑의 밀도는 낮아

지고 존재가 낮아질수록 사랑의 밀도는 높아진다는 것이다. 주체가 위대할 때는 가장 불확실한 사랑이, 주체가 소박할 때는 가장 가장 확실한 사랑이 새겨진다. 기록하는 자(신—인간—죄인/천재—범인—바보), 기록되는 매개물(기둥—점토판—칫솔대), 기록되는 것(사랑)의 총량은 언제나 일치한다.

사랑은 신과 인간과 죄인을 한 축에 놓을 수 있는 유일한 기회다. 천재와 범인과 바보가 자리를 바꿀 수 있는 마지막 기회 역시 사랑이다. 사랑은 무한한 평등의 조절 장치. 어느 "부적응의 천재"가 "삐뚤어진 세계관"으로 하나의 우물을 폭발시킨 뒤 다시 만든 우물은 사랑으로 실현되는 무차별주의다. 사랑을 발전 동력으로 운용되는 무차별주의의 공화국에서 우리는 경배받는 신과 속죄하는 죄인이 공존하는 자가 누설하는 내면의 온도를 목격한다. 자신을 예언하는 자의 운명이란 밤새 잠들지 못한 채 전쟁을 치르는 가운데 자신의 욕망을 서술하는 화자마저 되어야 하는 이중의 고통에 다름 아니다. 그러나 그 고통 속에 자리한 사랑과 그 표현물로서의 그리움은 그들을 부유하는 존재가 아니라 들뜬 존재로 만든다. 부유하는 자는 방향을 잃은 존재이지만 들뜬 자는 방향을 잊은 존재다. 그들에겐 방향이 필요하지 않다. "제외된 자들의 눈부심"(「당신은 언제 노래가 되지」)이란 방향을 잊은 자에게만 허락된 빛의 이면이다. 추운 이름 허연은 오늘도 "빛을 피해 걸어간"다. 그의 혈관에는 여전히 "불온한 검은 피"가 흐르고, 홀로 검은 그의 시는 그가 우리에게 양도한 빛의 증거이다.

1966년 서울에서 태어났다. 부계는 독실한 가톨릭 구교
집안이었고 모계는 충청북도에 거주하는 풍산홍
씨였다. 벽초 홍명희 선생과 가까운 문중이었다.

1970~ 어린 시절 아버지의 뜻에 따라 사제의 길을 가려
1981년 했다. 그것이 운명이라 생각하며 소년기를 보냈
다. 예민한 모범생이었으며 신앙심 깊은 소년이었
다. 그림이나 글쓰기에도 관심이 많았다.

1982년 서울 보성고등학교에 입학했다. 고등학교 3학년
때 사제의 길을 포기했다. 아버지와 선생님으로
부터 사관학교 입학을 권유받았으나 그 또한 자
신이 없었다. 모든 기대를 뒤로하고 시를 읽기 시
작했다.

1986년 1년의 방황 끝에 추계예술대학 문예창작과에 진
학했다. 외로웠다.

1991년   군 복무를 마치고 제대한 여름, 《현대시세계》 신
         인상을 받으며 등단했다.

1995년   어머니가 사망했다. 첫 시집 『불온한 검은 피』(세
         계사)를 냈다. 졸업 후 여러 잡지사를 전전하다
         신문사 공채 시험을 준비했다. 매일경제신문에
         입사했고 시를 쓰지 않았다. 유럽 아프리카 중앙
         아시아 중동 남미 등 여러 나라를 여행했다.

2002년   뒤늦게 공부에 몰입했다. 연세대학교에서 저널리
         즘으로 석사학위를 받았다. 이때 쓴 논문으로 한
         국출판학술상을 받았다.

2006년   다시 시를 쓰기 시작했다.

2008년   추계예술대학에서 문화예술학 박사학위를 받았
         다. 절필 13년 만에 시집 『나쁜 소년이 서 있다』
         (민음사)를 출간했다.

2009년   일본 게이오대학 미디어커뮤니케이션연구소에
         연구원으로 갔다. 도쿄 변두리 자취방과 학교 연
         구실에 틀어박혀 많은 시를 썼다.

2011년   산문집 『고전여행자의 책』(마음산책)을 출간

했다.

2012년 한국으로 돌아와 세 번째 시집 『내가 원하는 천사』(문학과지성사)를 출간했다.

2013년 시작작품상과 제 59회 현대문학상을 받았다.

2014년 『불온한 검은 피』가 민음사에서 재출간됐다.

2016년 네 번째 시집 『오십 미터』(문학과지성사)를 출간했다.

2019년 기행산문집 『가와바타 야스나리―설국에서 만난 극한의 허무』(아르떼)와 신문 컬럼을 모은 『그리고 한 문장이 남았다』(생각정거장)를 출간했다.

2020년 다섯 번째 시집 『당신은 언제 노래가 되지』(문학과지성사)를 출간했다. 이 시집으로 김종철 문학상을 받았다.

2021년 등단 30주년을 맞아 후배 시인과 평론가가 기획한 시선집 『천국은 있다』(아침달)가 출간됐다. 시 「가여운 거리」가 《쿨투라》가 선정한 '오늘의 시' 최고상을 받았다.

2022년   자전적 산문집 『너에게 시시한 기분은 없다』(민
          음사)가 출간됐다.

2024년   매경출판으로 일터를 옮겼고 첫 동시집 『내가 고
          생이 많네』(비룡소)를 출간했다.

『불온한 검은 피』 (민음사, 2014)

『나쁜 소년이 서 있다』 (민음사, 2008)

『내가 원하는 천사』 (문학과지성사, 2012)

『오십 미터』 (문학과지성사, 2016)

『당신은 언제 노래가 되지』 (문학과지성사, 2020)

『천국은 있다』 (아침달, 2021)

해설 「초개인주의자의 시」:《열린 시학》2023년 봄호

밤에 생긴 상처

1판 1쇄 찍음 2024년 4월 12일
1판 1쇄 펴냄 2024년 4월 19일

지은이 허연
발행인 박근섭, 박상준
펴낸곳 (주)민음사

출판등록 1966. 5. 19. (제16-490호)
서울특별시 강남구 도산대로1길 62(신사동)
강남출판문화센터 5층 (06027)
대표전화 02-515-2000 / 팩시밀리 02-515-2007
www.minumsa.com

ISBN 978-89-374-0623-2 (04810)
      978-89-374-0600-3 (세트)

잘못 만들어진 책은 구입처에서 교환해 드립니다.